우리는 간절히 기다리는 무엇이 있다

김진숙

오비올프레스

◆시인의 말

찬란했고 깜깜했던 날들 지나

기억은 화석이 되었고 공간도 폐허다

대신 내 안에 채워진 말들 생생하다

우리는 간절히 기다리는 무엇이 있다

차례

1부

15 벚꽃은

16 시는 어디가고

17 자꾸 봄밤은

18 십일월

19 김유정 생가에서

20 바람의 언덕

21 제부도 가다

22 공

23 시간이 가고 있다

24 돌고 돌아

25 내 친구가 있는 곳

26 만항재

27 제비꽃 이야기

28 푸른 웃음

29 소리의 빛깔

2부

33 사월

34 초가을 빗소리

35 그 자리에서

36 꽃 같은 나이

37 그거 아세요?

38 봄맞이

39 하산

40 이런 행복

41 어떤 생

42 말복

43 집을 짓지 못한 누에처럼

44 나른한 여름날

45 이유가 되어

46 상강

47 바람결에 이는

3부

51 안부

52 바닥이 아늑하고 따뜻하여

53 봄

54 말귀

55 생은 솔직하다

56 일몰

57 후회하는 사랑

58 목련지다

59 언제 한번

60 처서

61 너에게

62 활짝

63 주산지에서

64 깊다

65 나비

66 우수 경칩 지나

4부   69 막차

      70 단순한 기쁨

      71 하루살이

      72 마중물

      73 칠년하고도 열흘

      74 사라지는 시간

      75 길들여지는 것

      76 심야에 듣는 라디오

      77 벗어나다

      78 소문

      79 봄밤

      80 수수밭 지나다

      81 이렇게 시작했다

      82 조화

      83 눈 내리는 밤

      84 몰운대

◆ 발문   85 박세현 – 막차를 놓치고 싶은 시

1부

벚꽃은

잠깐 내린 새벽 비에
섭섭하게 져버렸다
오는 길 멀어 조바심치더니
가는 길은 한순간이다
나무 밑에 꽃잎 낭자한데
가만히 짚은 꽃 진 자리엔
새순이 만져진다
마주치지 못하고 가고 오는 것들
다 스치는 인연이다

시는 어디가고

원주에서 서울 가는 길은 온통 봄빛
그 풍경에 마음 뺏겨
갑자기 뭐 마렵듯 시 쓰고 싶어
한달음에 메모 했는데
한밤중 열어 본 메모지엔
절절했던 시 어디가고
뱀 허물처럼 남아 있는 단어들
문장도 되지 못한 채
사랑 끝나버린 무연한 눈빛으로
나를 쳐다본다
쓸데없이 말 많은 여자가
단어들과 눈맞춤 하고 있는 동안
시는 빗나가고

자꾸 봄밤은

거침없이 피어나는 꽃들 이젠 지겨워요
꽃노래도 한 두 번이지
사랑만 보고 살 수 없잖아요
괜한 시비하는 거 맞아요
만개한 목련 탓에 잠들긴 틀렸고
꽃향기 품은 바람에
실컷 흔들려 보려고요

가만히 귀 기울이면
나도 그렇게 환해지고 싶은 욕망
꽃잎 활짝 열리는 순간이 와요
자꾸 봄밤은 정신적 허영을 부추겨요
황홀도 꽃도 다 뇌두고
자리에 누운 봄밤에
잠들지 못해 다시 꽃잎을 헤아려요

십일월

42번 국도를 달리다가
직진 버리고 우회전 하거나
잠깐 옆길로 새어
알뜰히 비워낸 아름다움을
짧은 오전 지나가도록
바라보았다
넘치던 여름 잠시 그리웠지만
지금은 좋은 늦가을만 생각 한다

한 가지로 통하지 않는 풍경의 문법
빈 들판이 주는 평온과
낙엽더미에 내린 무서리
쓸쓸함도 너그러워지는
가을의 완결 편을 읽는다

김유정 생가에서

열렬한 구애에도 사랑을 이루지 못하고
폐결핵으로 너무 짧게 살다간
김유정 생가에서 본 창백한 배꽃이
그와 클로즈업 되었다
난데없이 잠깐 떨어지던 빗방울이
혹 그의 눈물 아니었을까
정리한 그의 생을 읽고
기억해야 할 것을 그대로 두고 왔다
보이는 게 전부일 수 없다는 진리
그 이상 알고 싶지 않았다
왜 그랬는지 물을 수 없는 게 삶이다

바람의 언덕

태백 온 김에 잠깐 돌아보자 했는데
하필 비가 조금 내렸고
안개 짙어 앞이 보이지 않았다
아무것도 예측할 수 없는 이력의 안개 저쪽에서
낮은 음의 노래가 흘러나왔다
축축한 바람결에 가라앉은 음색에
짐승의 울음이 묻어있다
오늘 공연은 무엇이기에
저토록 짙은 안개를 채워 놓았는지
악기들 상상하며 귀를 열었다
자유자재로 소리 내는 바람의 연주가
불안한 마음 어루만져주는 곳
바람처럼 살고 싶은 나의 정착지였다

제부도 가다

수천 번 물 들어왔다 빠져나간 뻘 위에
무수한 발자국 찍어대는 시월 햇살
눈부신 산란 시작 되었다
순례자 얼굴로 돌아오는 충만한 밀물시간
적요했던 바다 곪아터진 권태 수장시켰다
직립보행 잊고 기어가던 가을볕
슬그머니 차오른 바닷물에 텀벙거릴때
나는 찰랑대는 시간 그물 치고
물소리에 젖은 게 다였다
검은 바다 멀리 가는 썰물시간에
돌려주고 싶은 것이 무엇인지
어디까지 다녀오는지
나도 겁 없이 따라 갈 뻔 했던

공

뾰족 했던 모서리 버리니
살아가는 방식 달라졌다
구를수록 멀어지는 중심은
단단한 껍데기를 만들었다

바닥도 허공도 빠르게 통과하는
찌릿한 전율
그 가속도를 겸손하게 받들고

준비 없이 튕겨 나갈 때
심장 터질 듯 아프게 내지른 비명
어디에 닿았을까
진정한 내가 되는 방법은
떠난 곳 돌아보지 않고 앞으로 나가면 되는 거

단단히 안으로 걸어 잠근
둥근 것은 부드럽고 강했다

시간이 가고 있다

오랜만에 딸 무릎에 머리 누이며 흰머리 열 개에 천 원 하니
어? 다섯 개였잖아 그건 지난 일, 칠순 시어머니 효도관광
길에 사온 손발 저림에 좋은 건강보조 식품 건네주시는데 당
신 아들 꺼 아니고 며느리다 어? 이런 일도, 햇빛 잘 보라고
난간 화분대에 내놓은 호야 꽃 피운 날 그게 뭐라고 찔끔 눈
물바람 어? 이런 주책, 노래방에서 부르고 싶은 노래번호 뿌
옇게 보여 찾을 수 없다 어? 돋보기가 필수, 수백 번 본 광경
이지만 볼 때마다 경이로운 자연의 아름다움 앞에서 떠오른
죽음 담담하다 아! 내 삶의 해피 엔딩 혹은 새드 엔딩 오고
있다

돌고 돌아

갓 태어난 내 아이는
예쁜 배내똥 누고

돌아가시기 전 내 아버지는
슬픈 배내똥 누고

시작과 끝 맞물린
인생은 둥글다고
제자리라고

내 친구가 있는 곳

어제가 십년 전보다 더 까마득하니 어떤 때는 먹었는지 잤는
지 깜박깜박 해 이러다 자식 얼굴도 못 알아볼까봐 겁이 나
내 나이 여든여덟 갈 곳은 한군데 밖에 없는데 그도 내 맘대
로 되는 게 아닌가봐 그래도 눈뜬 봉사 면하자고 늦게 배운
한글공부가 이렇게 나를 살려주니 참 고마워 모질다면 모진
세월 견뎌온 내 얘기를 막내딸이 사 보낸 공책에 써 놨어 자
기 살아온 세월 말하면 소설책 몇 권은 된다고들 하지만 그
렇지 않아 잘 살다 가면 되지 아등바등 사는 일은 다를 게 없
어 손발 맞춰주던 영감 가시니 영 기운이 나질 않아 마주쳐
야 할 손바닥이 없으니 벽에 대고 하늘 보고 얘기하니 누가
보면 혼자 중얼거리는 미친 할멈인 줄 알거야 손주 보다 곁
에 있는 강아지가 더 나을 때가 있어 하루 빨리 내 친구들이
있는 곳으로 갔으면 원 없겠어 자다 가면 더 좋고

긴 골목 끝 홀로 켜진 외등 같은 할머니
초면인 내게 얘기 보따리 풀어 놓았다
인간 공공의 적이요 친구인 외로움이 문제다
한 생애가 끝날 때까지 해결되지 않는 미제(未濟)여

만항재

정선에서 태백 넘어가는 중간쯤에서
알맞게 구부러지는 414번 지방도로를 달릴 때
고지대 풍경이 바람 노래 들려주었다
저음의 노래를 듣다가
눈 마주친 은사시나무와 아는 척 하는 사이
하늘과 맞닿은 구릉에 말라붙은 햇살 몇 가닥
잠깐 환해지며 풀들 간지럼 태웠다

헛것처럼 보이는 구름과 회색빛 길이
까마득하게 저 아래 산모퉁일 돌아 혼자 갔다
따라갈 수밖에 없다
직선이 아니라서 다행이다
빤히 쳐다봐도 마주치지 않은 길로
유배되는 기분
은근히 즐겁다

제비꽃 이야기

집 나간 엄마 기다리는 여섯 살 손자 퇴행 증상은 나날이 심
해져 세 살쯤에 머물러 아이 돌보는 할머니 속은 썩어 문드
러졌다 잠시도 할머니 곁 떠나지 않는 아이가 이른 봄 마당
가에 피어난 제비꽃 무더기 앞에서 엄마 부르는데 화 치민
할머니 제비꽃 짓이겨 밟고 돌아서 눈시울 붉히며 미안하다
태어난 게 죄 아닌데 피어난 게 죄 아닌데 다 내 죄라며 울음
터뜨린 아이에게 마른 젖 물렸다 에미야 그저 돌아오기만 하
거라 나 가기 전에 오거라 자장가 같은 흥얼거림에 잠든 아
이 손에 제비꽃 슬프게 예뻤더란다

푸른 웃음

경포대 해송들 일평생 파도소리 듣고 살아
귀 닳은 대신 파도 소리 낸다
몸에 퍼진 물소리 높게 출렁이며
제 속 물관에 귀 담그고
먼데 수평선 너머 다른 세상을 꿈꾼다
눈부신 집어등 불빛에 밤들지 못했던 밤과
그림자로 품었던 낮을 기억하며
보고 또 봐도 바다
가고 또 가도 바다와
징그럽게 정들어 버렸다
제 속 물줄기로
푸르게 웃는 법 익혔다
하나의 연체동물 같은 파도가
푸른 웃음 둘둘 말아 바다에
그 웃음 풀어 놓았다
경포대 해송들 웃는 표정이
푸르게 닮았다

소리의 빛깔
- 오르골당에서

수많은 오르골 이중적 멜로디들
빛으로 굴절되어
한여름 새벽 수련처럼 피었다가
오월 하순 신록으로 번지더니
개여뀌 홍자색으로 쏟아졌다
순간
손 내밀어 그 빛깔 받을 뻔 했다

2부

사월

마당에 살구꽃 눈부셔 견딜 수 없는 그녀는
간드러진 꽃들 노래에 환장했다
가려운 등허리 혼자 맘껏 긁을 수 없을 때처럼
간절하고 다급한 봄이 달콤해서
풍경을 핥으며 눈을 다시고 또 다셔도
가시지 않는 지독한 허기에
봄바람 싹싹 들이마셨다
예기치 못한 꽃 비린내에
퉤! 퉤!
내 뱉은 물이 온통 봄빛
봄 아닌 곳 없다

초가을 빗소리

안동 하회마을에서 일박 하는 날
민박집 할머니 잔걱정 한가득 방에 들여 놓았다
초가을 빗소리 창호지 안으로 스며들고
슈만의 바이올린 소나타 3번 연주가 젖어
깜깜한 어둠에 깔렸다
즐거운 시절아
오해하지 말자
우린 서로 모르는 사람들
낯설고 어색해도 무심한 척
취하고 싶은 밤
비 냄새 피차 초면인 듯
슬그머니 방안으로 스며든 순간
더할 수 없이 애잔해 졌던
초가을 빗소리

그 자리에서

천년 세월 모진풍파 견딘 결연한 느티나무
어른 다섯이 손잡아도 모자란 고목의 둘레에
전쟁 때 인민군이 숨긴 총 구멍을
스스로 메워버린 속 깊은 전설의 어머니

살아가는 일은
끌어안고 생의 얼룩 닦아주는 거라고
다 알아도 겸손하라는 울림 뭉클 하네

그 자리에서
천년의 평생 살고 있는 거룩한 어머니

꽃 같은 나이

혼자 보기 아깝다며
누군가 사무실에 갖다 놓은 백장미는
삼주 지나 시들기 시작했는데
그만하면 충분히 자기 몫 해서
기특하다고 한마디씩 할 때
내 꽃 같은 나이를 생각했다

거동도 불편한 팔순 시모
여자는 늙어도 여자라야 한다고
매일아침 거울 앞에 앉아 분 바르고
칠보단장 하는데
정작 수발드는 육십의 며느리는
피어 보지도 못하고 시든 꽃 되어
매일 아침 하소연이다
누군 꽃이 되고 싶지 않은 줄 아냐고
꽃이고 나발이고
잠이나 푹 자고 싶다고

그거 아세요?

봄여름가을겨울 내 생활 전부였던 집 앞 동산에 대대적인 공
사 시작하더니 이발한 남자처럼 말끔한 공원이 생겼다 도시
한복판에서 뻐꾸기 소리 듣고 사는 사람 흔치 않다고 은근히
동산 자랑하던 내게 공원은 생뚱맞고 정 없다 바람 부는 날
일렁이던 나뭇잎 물결과 새소리 봄에 붉게 번지던 복숭아꽃
이 못내 그리워 쓸쓸이 깊어가던 날 집 앞에서 만난 칠층 아
주머니 '집 앞에 공원이 생겨서 너무 좋아요 곧 우리 아파트
값도 많이 오르겠지요?' 환히 동의 구하는데 아무 말도 하
지 못했다 우리는 각자 간절히 기다리는 무엇이 있다 혹시
그거 아세요? 나는 사라진 동산에 대해 말하고 싶었다

봄맞이

몸살기가 봄기운처럼 퍼지는 오후 네 시
이비인후과엔 기다리는 사람 많아
내일 아침 오라는데
밤 견뎌낼 자신 없어 약국 가니
이층 외과에서 처방전 받아 오란다
급한 대로 처방전 들고 내려가니
약이 무려 아홉 알
놀라는 내게 독한 약은 없다는 약사의 말
봄나물 대신 한 움큼 독하지 않은 약 삼키고
쏟아지는 잠 속에서 뒤척이며
밤새도록 피워낸 열꽃

하산

십일월 향로봉 가는 길 나무들 수척하다
밤새 쉬지 않고 분 바람이
가슴에 동굴 만든 아침
정상까지 간다는 생각도 없이
무작정 산을 오르다
몇 가닥 남은 뿌리로 간신히 견디는
위태로운 당단풍나무 보았다
인정사정없이 흔들어대는 바람에
달랑 두 장 남은 단풍잎 애처롭다
나는 자꾸 아픈 것에 마음 간다*
아프면 너만 서럽다고 우리는 말한다
하늘이 내려와 껴안아 주는 향로봉에서
간신히 버티고 있는 것들 속 나를
전망해 보았다
이제 내려 갈 일이 남았다

*이윤학 「아픈 곳에 자꾸 손이 간다」에서

이런 행복

처음 시 만났을 땐
착상 되면 열 달 후에 낳는 아기마냥
시가 태어나는 줄 알았어요
화려한 형용사들로 범벅 된 문장이
조미료 조금 들어간 음식처럼
맛있고 멋있는 시 인줄 알았어요
추상적이고 관념적인 문장이
근사한 시 인줄 알았어요
극적인 것이
진짜 시 인줄 알았어요

뭘 몰라 행복 했지요

어떤 생

플라스틱 컵에 갇힌 물고기 두 마리
너무 작아 차마 만지기도 조심스러운
어린 것들은 어느 치킨 집 사은품
살아있는 것이 사은품이라니 끔찍하다
하루하루 뿌옇게 변해가는 좁은 컵 물속
세상이 다 인줄 알고 열심히 헤엄치며
비좁은 생 아슬아슬 말이 아니다
한번 뿐인 세상에 나왔으니
좀 더 넓게 살라고 작은 어항에 옮겨줬는데
무슨 의미가 있을까
다음 생은 제대로 살아보라고
마음으로 빌어준 어떤 생

말복

너무 더워 못 살겠다고 저마다 한마디씩 거들며 찾은 식당
에서 푹 삶은 백숙 한 그릇 거뜬히 비우고 나서 진짜 새끼손
톱만큼도 더 살고 싶지 않다고, 잘 먹었다는 인사 달리 하시
는 할머니께 다섯 살 조카가 천진난만하게 물었다 그런데요
할머니는 왜 안 돌아가요? 할머니 못 들은 척 하시고 누구도
아는 척 하지 않은 밥상머리 죽고 싶다는 노인의 말은 아기
의 잠투정처럼 일상이다 올 해가 마지막 말복이면 좋겠다던
할머니 복 땜 잘하시고 그새 졸고 계신다

집을 짓지 못한 누에처럼

어머니 잠이 와요 한잠 두잠 세잠 잤는데 끊임없이 쏟아지는
잠속으로 스며드는 휘파람 따라가면 꽃상여가 보이고 다섯
번만 자고 돌아오실 것 같던 마흔다섯의 아버지 쉰 두 살 내
앞에 오시고 만발한 꽃나무 밑에 우화하려던 애벌레 잠이 들
고만 풍경이 꿈속인지 꿈밖인지 알 수 없어요 누에처럼 집을
짓고 싶어서 큰 몸집 둥글게 말았는데 사방으로 뚫린 가슴엔
맘껏 오가는 바람 소리가 자장가처럼 아련하기만 해요 울다
지쳐 잠든 아이 얼굴에 남은 눈물자국처럼 말라버린 강줄기
가 기억을 표절하며 넘치게 흐르는 도랑물 소리 내고 있어요
환상은 정확하지 않지만 기억 저편에서 없어지기 쉬운 까닭
에 어머니가 그리워요 명주실 쑥쑥 뽑아내는 누에처럼 집을
짓기 위해 계속 잠을 자야해요

나른한 여름날

아낄 것이 있다면
무한정 쏟아지는 햇볕이리라
지나치게 선명한 사루비아꽃 무리
팔월의 하혈이다
땡볕 아래서 피 쏟던 어미 고통
응고 되지 않는 기억
아주 빨갛다

이유가 되어

애완견 고를 때 무의식적으로 자기와 닮은 개를 찾는다
우린 가족이니까

10호까지 나오고 폐간되는 젊은 서점주인 시집을 골랐다
이런 건 꼭 사야 돼 희소가치

어젯밤 바람은 다 어디로 갔을까
꿈속 헤집던 고양이 한 마리
어디서 잠들었을까

끝을 먼저 넘겨본 소설처럼 맥 빠져도
밤사이 잠깐 다녀간 친구 같은 겨울비도
그런 줄 알고 살아야지
마침 안주 기막힌 술집도 있고
달빛 고요한 숲길도 있고
마음 깔깔한 날 모이기 좋은 친구도 있으니

상강

이른 아침
불 지피고 들어온 엄마
시린 손이 이불속으로
쓰윽 들어올 때
진저리치며 깨던
배추밭에 하얗게 내린
새벽꿈

바람결에 이는

바람 부는 날
십 오층에서 내려다 본 동산 나무들
허공에서 휘날리는 푸른 갈기들
사자의 그것처럼
용맹스럽게 포효 한다
비명 속으로 미처 동여매지 못한 마음
급하게 투신 했다가
나뭇잎 물결 딛고 오는
단단한 가지에 걸려 돌아왔다
바람은 나의 중력
밥 먹듯 친한 삶을 지탱하는
사랑

3부

안부

아침마다 바닥에 쌓인 하루살이 떼
몇 시간 생을 눈부시게 살았는지
가녀린 꽃대처럼 한순간 진저리쳤을
너에게
안녕이라고 한 번도 묻지 못했다

바닥이 아늑하고 따뜻하여

한의원에서 전기침 맞으며
찌릿찌릿한 감전에 녹녹해지다가
"따르르릉"
요란하게 기계음 울리는 순간
허망해진다
마치 내 인생 종쳐버린 듯한 과민반응이다
퇴행하는 몸뚱이가
진화하는 욕망을 따라가지 못해 악 쓸 때
문득 밑바닥이 보고 싶어지는 건
내 삶 줄거리가 있고
더 이상 내려 갈 수 없을 때
과감하게 유턴할 수 있기 때문이다
흔한 증상들 낫지 않고
백 개의 신호들이
척추 타고 뇌로 가는 동안
매일 영점삼밀리미터씩 자라는 머리카락이
한 움큼씩 빠지는 다소 신경질적인 현재
부황 뜬 자국마다 선연하게 핀 꽃들 예쁘다
밑바닥이 아늑하고 따뜻하여

봄

밭고랑에서 기어 나온
지렁이 웃음같이
슬며시

넘치지도 부족하지도 않은
휴식같이
지그시

말없이 바라만 봐도 좋은
꿈결의 사랑같이
사르르

말귀

힘을 빼요
시적이려고 하지 마요
자 봐요
당신이 쓴 시에 설명만 잔뜩 있고
자기가 없잖아요
자연스럽게 얘기하듯이 쓰라고요

아! 네
무슨 말씀인지 잘 알겠어요

그러면 뭐 해요
오줌 지리고 난 뒤 변기통 찾는 세 살 박이
딱 그 모습이잖아요
말귀만 알아들으면 어떡해요
시를 잘 써야지
쯧, 쯧

생은 솔직하다

택시 타고 보니 백미러에 기사님 연세가 보였다
모택동 모자에 돋보기 속 눈자위는 푹 꺼지고
운전대 꽉 잡은 손에서 재빨리 읽은 수전증은
족히 팔순은 넘긴 모습이다
거기다 보청기까지
기사님 마음이야 지천명이겠지만
목적지를 말하는 순간
백이십 킬로미터로 질주하는 속도감에 아찔
이미 녹슨 감각으로 오는 운전 실력에 어질
본능적으로 잡은 손잡이에 힘이 잔뜩
식은땀이 줄줄
나도 모르게 중얼거렸다
젠장!
살아 있다는 것을 절절히 통감했다

일몰

리허설도 없이 넘어가는 해를 본건
보길도에서 완도로 가는 뱃길에서다
꿀꺽 해를 삼킨 바다가
서서히 작은 섬들을 지워갈 때
나도 그렇게 지워지고 있다는 착각
생각 많은 나도 물고기 되어
물속 세상 구석구석 유영하며
어디든지 스몄다가
그도 지겨워진 어느 날
모래밭에서 젖은 생 말리며
해넘이 행간을 천천히 읽고 싶어졌다

후회하는 사랑

잘 알지 못함이 잘 아는 것보다 덜 위험한 관계라고
적당히 햇볕 드는 거실 한 켠 난 화분 놓고
어쩌다 생각나면 물주고 말 한마디 건네주고
봄날 핀 꽃이 내 사랑이라 했다
가을날 또 꽃 핀 난 화분
기쁨을 곱으로 준 꽃 대견해 어쩔 줄 모르고
일 년에 두 번이나 은은한 꽃향기에 취해서
오로지 꽃만 봤다

이듬해 봄
두 번째 꽃은 마지막 사력을 다해
절절히 피워 올린 절규였다는 것을 알았을 땐
돌이킬 수 없었다

목련지다

몇날 며칠
봄밤 잘 밝히던 꽃송이들
하나씩 불을 끈다

바람 다녀갈 때마다
꽃 심지 몇 개씩 딸려 보낸다

봄볕 툭툭 털어내며
흩날리는 저 생애
참
짧고 짧다

언제한번

아주 호탕하게 삶을 즐기던 친구
어떤 일이든 자기 아님 안 되는 줄 아는
친구들이 더 그 친구 없음 안 되는 줄 알던
에너지 넘치게 유쾌했던 친구

어느 날 문자로 온 두 줄의 부음
영정 사진 속 너는 웃고
조문하는 우리는 울었던
꿈결 같은 문상
너무 일찍 떠난 너보다 나를 위해
서둘러 슬픔 밀봉해 버리고
언제까지나 유효할 줄 알았던
부채로 남은 그 말 끌어안았다

"언제 한번 보자"

처서

손님보다 직원이 더 많은 서점에 들러
오래도록 책 구경 하다가
애인은 토막 난 순대처럼 운다*
시집 한권 골라 계산하는데
일흔의 사장님
요즘 책 제목은 별게 다 있다며
혀를 끌끌 찼다

서점 나서며 여전히 따가운 햇볕
가리려고 손차양 하는데
순대처럼 두툼한 가방 끈에 살짝 내려앉은
잠자리 날갯짓에 무지개 떴다 사라지는
순식간의 일
해맑은 얼굴로 거짓말 하는 아이처럼
천연덕스럽게 아주 높은 파란 하늘

*권혁웅 시집

너에게

갑자기 내린 가을비 피하자고 들어선 찻집
꽃병에 가득한 과꽃 눈웃음칠 때
꽃무늬 원피스에 진한 눈썹 입술문신을 하고
내게 온 너를 생각했지
지는 꽃도 아름답다고
더 화려해진 너에게 말하지 않았지
너는 내 허영의 기원
회색이던 내게 원색을 넣어주고
보라색 구두를 초록색 스타킹을 신게 했지
모두 자기 색깔로 살아가는데
이왕이면 선명한 게 좋다고 웃었지
추억도 너의 문신처럼 선명하고
내 색깔도 과꽃처럼 여러 벌이라고
과꽃 찍어 너에게 보냈지

활짝

강릉 입구에서 본 만개한 벚꽃이면 충분했다
난설헌 생가 오래된 벚나무에 핀
몇 송이 꽃
빛깔 고운 진달래에 녹아있는
봄볕이면 됐다
제 속 깊은 그늘 만들었을
난설헌의 짧은 생을
가만히 더듬을 수 있어 좋았다
대놓고 적나라했던 두부집 수선화처럼
솔직해지기로 했다
빠르게 흐른 시간에 떠밀려
강릉 빠져 나올 때 벚꽃이 보여준
더할 나위 없었던
활짝

주산지에서

천년쯤 잠겼을까
왕버들
물속에서 물 밖에서
한결같은 동행 지극하다

물속에서 서서히 고사하는 왕버들
아늑한 죽음의 파문이 인다
경건한 수장은
불어터지는 고통도 잊게 하는 걸까

왕버들
저수지 물을 방생하고 있다

깊다

집 앞 동산에 흐드러진 복숭아 꽃
거침없이 거실로 들어오는
저 붉은 빛깔
불온하다

술렁이는 꽃들 곁으로
막 번지는 연노랑 빛깔
아련하다

덧없이 진 꽃자리에
다른 꽃 부려놓은 봄
한참 깊다

나비

봄빛 홍건히 넘쳐나는 날
바람이 사월 지날 때
샛노란 날개 짓
아련히 환상의 몸짓이 몸짓을 부르며
봄볕에 졸고 있는 늙은 개 옆을 지나
남루하게 꽃잎 지는 목련나무 지나
비스듬히 눕는 햇볕 속으로
천사 오다

우수 경칩 지나

우수 경칩 지나 안심한 순간
복병처럼 나타난 꽃샘추위에
산수유나무 얇게 뒤척여
꽃망울 감싸 안은 다음 날
다닥다닥 나뭇가지에 달린 꽃망울들
한차례 앓고 난 후
한 가지 재주 익힌 아가처럼
잇몸 없이 웃었다

4부

막차

저녁 여섯 시
영월에서 원주 가는 버스에 오르니
승객이 무려 여섯 명이다
연당에서 한명
쌍용에서 세 명 내리고도
두 명이나 남았다
차창 밖 어둠이 번지는데
차 안의 내가 깜깜해진
그 날의 막차는 지나간 한 시절처럼
다시 오지 않는 것

가끔
막차를 놓치고 싶다

단순한 기쁨

햇볕 좋은 날
뽀송뽀송 말라가는 빨래처럼
베란다에 앉아
햇살 어깨에 걸치고
책 속에 떨어진
삶 부스러기 줍다가 느끼는
달달한 감성

하루살이

아침나절부터 쓰기 시작한 시를 지우고 다시 시작한 시를 또 지우다 하루가 갔다 결국 시 한편 못쓰고 하루를 보내자니 허망했다 일 년 내내 식탁위에 놓인 탁상달력만도 못한 거 아닌지 부끄러운 자괴감에 서둘러 설거지 끝내고 막 시 쓰려는데 오랜만에 전화한 친구 커피나 한잔 하자고 했다 다음에 보자고 하니 시는 내일 쓰고 자꾸 나오라며 허구한 날 시 써서 뭐 할 거냐는 말에 쓰던 시 두고 외출하며 중얼거렸다 오늘만 날인가

마중물

겨울 오후 네 시가 되면 마중물 넣고
어김없이 펌프질해야 했던 추억은
우물보다 더 깊어서
한없이 퍼 올리고 퍼 올려도 마르지 않았다
펌프질에 웃음꽃 피고
일 가셨던 엄마 돌아오고
저녁연기가 가슴을 지피던 시절
무쇠 솥에 뜸 들던 밥 냄새 아련했다
옹기종기 식구가 둘러앉아
하루를 얘기하던 저녁밥상머리 따뜻했다
달빛이 은은했던 시절
가끔 마중물 넣고 퍼 올리면
샘물처럼 솟는 유년의 기억
절절 끓던 아랫목에 묻어둔 고봉밥처럼
수북한 추억들 생생하게 채록하여
단정한 낙관 찍어
오래 오래 가슴에 품었다

칠년 하고도 열흘

처서도 지난 아침나절
방충망에 나란히 붙어 있던 매미 두 마리
조심스럽게 손을 댄 순간
맥없이 부서지는 짧은 생
칠 년 동안 기다렸다 세상에 나와
여름 한철 그악스럽게 울어대던 매미
차라리 전리품처럼 놓아둘 것을
칠년하고도 열흘 뜨겁게
자전거 바퀴살처럼 열심히 날개 짓 하며
쥐어짜던 울음 생생하다
살다보면 가끔 아주 가끔
매미처럼 맘껏 울고 싶을 때가 있다
허무하게 부서진 매미 한 쌍
내 울음 대신이라고
자꾸 허공에서 울고 있다

사라지는 시간

엘리베이터로 내려가는 건 시시해
허공 위 집 오르내리는 동안
열심히 찍고 있는 씨씨티비가 거슬려
새처럼 날거나 구름을 타기로 했어
나를 지탱해 주는 세상의 말들과 웃음 꺼내
허공에 빨래인양 널었어
편하게 하라는 말에 좌불안석 되고
마음대로 하라는 웃음이 어색해
네 개의 보기를 달라는 지리멸렬 고치지 못했어
애초에 시작도 못하고 꿈속에서도 허둥거렸어

나를 안다고 하는 사람을 정작 나는 모르는 세상에서
잠깐 나갔다 올게 인사 했어

길들여지는 것

산 오르다 마주치면 도망가기 바쁘던 다람쥐들과 달리
치악산 비로봉 다람쥐들 스스럼없이 사람 곁으로 온다
나눠준 음식에 길들여져 야생의 습성 어디가고
식사중인 도시락 위를 건너뛰며
먹이 재촉까지 하는 걸 보면
천이백팔십팔 미터 높이가 덧없어진다

캄보디아 여행 중 구걸하는 아이들에게
절대 돈 주지 말라던 가이드 당부
유독 한국 관광객들에게만 더 열심히
원 달러 외치며 달라붙던 아이들
외면한 마음 불편했던 날
비로봉에서 본 다람쥐들 생각났다
길들이고 길들여지는 간극

심야에 듣는 라디오

선인장 가시는 본래 이파리
사막에서 살아남기 위해 가시가 되었다
살기 위해 그렇게 자기를 바꾸기도 한다

삼십 이년 함께 한 아내와 듣고 싶다는
남자 신청곡은 슈베르트 세레나데 D.957, No4
듣다가 뜬금없이 온 생각은
낙조처럼 마지막이 밝고 아름다웠으면

이제 보이지 않는 것은 생각하지 않는다
나를 믿지 못해 자주 무너지고
일어서기를 반복하는데
새삼스럽게 바꿔볼까 하는
이 순간 나의 거처는 심야
내가 나인 이유를 마음에 묻으며
듣고 싶은 내 신청곡은
라흐마니노프 보칼리제 Op.34 No14
첼로 연주

벗어나다

부드러운 산등선에 마음 주며
백운산 휴양림 임도 걷다보니
어느새 걸어온 길이
돌아가야 할 길로 남았다
능선 넘던 비구름 길 덮는가 싶더니
이내 떨어지는 성긴 빗방울
갑자기에 놀라 휴대폰 누르니
통화권 이탈지역이다
나만 놀란 게 아닌 듯
새들 자맥질에 분주하고
나무들도 혼비백산 소리 지른다
오롯이 혼자 맞는 비바람
통쾌하여 기분 업 되었다
빗소리 바람소리 새소리 나뭇잎소리
이런 서라운드는 오직 이곳 뿐
미친 듯 쏟아지는 빗속에서
비로소 벗어났다
언제나 나를 가둔 내게서

소문

예천 용궁 작은 마을에 가면
방송 탔던 식당 있고
한 번도 방송에 나간 적 없는 식당도 있다
선택은 자유라고
소문 난 식당 대기실 앞에서는
할머니가 떡을 팔고
그 옆에서는 토끼 간 빵을 판다
소문이 모셔온 사람들 차례 기다리다
미로처럼 이어진 개미굴 같은 방에서
맛있게 소문 먹었다
열일 하고 있는 소문이 그곳의
든든한 가장이다

봄밤

숙제는 꼭 하려고 작심했는데
아무것도 못 쓰고 수요일 저녁이 되었다
저녁 준비하면서도 숙제만 생각했다
금방 터질듯 한 목련 몽우리가
미등처럼 아파트 밝히는 밤 되어서야
시 쓰기 시작했는데
아침나절 여린 햇볕에 얼굴 씻던 진달래
제비꽃 개나리 산수유 생강나무 꽃이 떠올라
시와 꽃이 겹쳐지는
번진다는 게 아름다운 밤
춘삼월 매화꽃에 슬쩍 취하고 싶은
나의 증상 확인하며 혼자 설레는 밤이다

수수밭 지나다

저녁 무렵 영월 가는 길에
피 바치는 제사장 보았다
경건하게 의식 마친
하늘과 땅의 신들 충만하게
시골집에서 흘러나온
한 뼘의 불빛에 입 맞추고
돌아서는 긴 그림자 행렬

새떼들 그 속에 숨었다가
노을 속에 피 토하며
느릿느릿 들려오는 소리 따라
신들 배웅했다
서로 비켜주듯 달려갈 때
왜 그렇게 삶이
아득했는지 모를 일이다

이렇게 시작했다

폼 잡고 차표 끊던 사촌 마냥 부러웠던 내 작은댁은 차부집 철정 성산 홍천 더 멀리 서울 가는 직행 완행표에 요금 적어 자 대고 한쪽 떼어주던 사촌 모습은 뭔가 있어 보였다 떠나 지 않아도 오가는 버스가 나를 가보지 않은 곳으로 데려다 주었다 먼곳에 대한 동경 시작이었다 한적한 시골에서 차부 집은 외지 사람들 구경하기 안성맞춤 이었다 한여름 작은집 에 놀러가 쮸쮸바 잘라주고 남은 꽁다리 먹는 재미 쏠쏠했던 어느 날 하던 대로 잘라준 꽁다리 먹으려는데 그거 내 것이 라고 야무지게 꽁다리 챙겨가던 서울아이 떠나고 순진했던 우리는 서울깍쟁이처럼 약아지기로 했다

조화(造花)

쉿!

비밀입니다

벌 나비 내게 오는 일

이른 아침 꽃잎 활짝 여는 일

누군가 예쁘다 손대는 일

포자 하나 터뜨려 싱그러운 꽃잎

만드는 일은

절대 내게 일어날 수 없습니다

나는 가짜입니다

가짜가 더 진짜 같은 세상이라고

진짜인 듯 살면 아무도 모른다고

위로하지 않아도 됩니다

다만 다음 생이 있다면

그날 구름과 바람과 햇볕 속에

가만히 놓아 주시기 바랍니다

온 몸으로 느낄 수 있게

눈 내리는 밤

늦은 귀가 길에 눈 내렸다
뒤풀이 자리 시인 얘기들 떠올리며
되도록 천천히 걸었다
뒷심 부족한 내 시 강아지마냥
졸졸 따라오며 눈길에 낸 자국이
시집 표지로 보였다
내게 시는 환상
어제 썼던 시는 버려야 하고
오늘 쓴 시는 시도 아니다
내 의식 밑바닥 긁는 증상들만 가지고
쓰는 시는 헛소리
이제 그만 해야지 하는 마음 반
이대로 끝내야지 하는 마음 반
눈 내리는 밤하늘 향해 손 내밀어
시린 감촉 만지작거리며 걸었다
포기하고 싶지 않았다

몰운대

눈길 빠져 도착한 정자에는
식은 햇볕 한줌 고였다
처음은 설레는 법이다
거침없는 절벽은 무심한데
강은 얼음 밑에서 물소리 삼키며 운다
누구나 가슴 뛰게 하는
눈 멀게 하는 겨울 풍경 쨍쨍하다
아주 오래전
천상의 선인들 놀았다는 자리 어디쯤일까
슬며시 온기 더듬어 보는데
벼랑 끝 고사목 끝까지
모르는 척 꼿꼿하다

막차를 놓치고 싶은 시

박세현(시인)

눈 깜짝할 사이에 벚꽃이 져버렸다.

서운하군. 벚꽃을 다시 볼 때까지 어떻게 기다릴 것인가. 일련의 서운함을 보충하는 것이 시라면 얼른 동의하겠다. 누구에게나 그런 건 아니지만 시는, 대충 말하자면, 우리가 건너뛴 틀어막을 수 없는 모종의 구멍을 보충하려는 꿈이요 언어적 욕망이다. 그래서 시는 쓰여진 결과이기보다 쓰여지는 과정의 뜨거움일 것이다. 언젠가 시집 발문 따위를 쓰게 되면 푸짐하게 쓰겠다고 다짐해두었던 기억이 난다. 그날이 막상 왔다. 그런데 푸짐하다는 단어의 함의는 설정되지 않고 '삶은 소유물이 아니라 순간순간의 있음' 이라는 법정 화상의 법문이 먼저 떠오른다.

김진숙의 시는 일상의 물기 묻은 스냅이다. 그가 언어의 렌즈를 접사시키는 대상은 시인을 둘러싸고 흘러가는 또는 무의미하게 제멋대로 흘러가는 일상의 순간적 포착이다. 일상적 삶 혹은 삶의 무가치한 일상성이 김진숙 시의 임상이다. 너무 가까이 있어서 잘 보이지 않고 보인다고 해도 가치로 전환되지 않는 식상함이 우리가 매일 일상으로 일삼아 겪는 일상의 모습이다. 국자가 국맛을 모르듯이 우리는 일상의 작고 소소하고 시시한 순간들을 대충 넘겨버린다. 이 또한 인간들이 박수쳐야 할만한 점이 아니겠는가. 소소함에 물들면 쫀쫀하다는 소리밖에 들을 것이 없지만 예술의 영역에서만은 소소하고 작은 디테일이 존중된다. 그 속에 진실이 스며있다는 것이 하나의 통설로 수용되기 때문이다. 김진숙 시의 기본 값은 사적이고 일상적이고 순간적인 데 있다. 같은 말을 반복하자면 그의 시는 무심하게 무의미하게 무난하게 흘러가는 개인의 일상적 순간을 언어로 찍어낸 스냅이다. 물기가 채 마르지 않은. 문장 사이로 물기가 스며 자꾸 삶으로 되번지는.

김진숙 시집의 육체를 이루고 있는 시의 관심사 대부분이 순간성과 관계를 맺고 있다. 그의 시에는 여행길의 인상,

계절감, 꽃과 같은 내용들이 시집 속에 자주 보인다. 집 안
이 아니라 집 밖에서 일어나는 순간성에 몰입한다는 뜻도 된
다. 여행은 떠남과 돌아옴의 과정이고, 계절감 또한 고정된
시간이 아니라 지나가는 시간의 순간적 표지가 된다. 그 가
운데 순간적으로 상연되는 자연현상의 대표는 꽃이다. 시집
에 꽃에 관한 시가 적지 않음도 일상적 순간 혹은 순간적 일
상에 대한 시적 관심과 조응한다.

아낄 것이 있다면
무한정 쏟아지는 햇볕이리라
지나치게 선명한 사루비아꽃 무리
팔월의 하혈이다   ―「나른한 여름날」 부분

몇날 며칠
봄밤 잘 밝히던 꽃송이들
하나씩 불을 끈다   ―「목련지다」 부분

오는 길 멀어 조바심치더니
가는 길은 한순간이다
나무 밑에 꽃잎 낭자한데
가만히 짚은 꽃 진 자리엔
새순이 만져진다   ―「벚꽃은」 부분

어떤가? 발문의 말이 이 정도면 헛말은 아니라는 증거는 충분하지 않겠는가. 사루비아, 목련, 벚꽃이 차례로 시의 문맥에 등장한다. 꽃이 일상성의 표징은 물론 아니지만 꽃 앞에서 우리가 하는 첫 발화는 대개 '어머 꽃이 피었네' 라는 탄성일 것이다. 이것은 우리의 일상적 나른함을 흔들어 깨우는 놀람의 표현이다. 이 시집의 특징적인 무늬들이 꽃 피기 전후에 대한 시적 화자의 드라마틱하고 내밀한 마음섞음 속에서 잘 구현된다. 이는 꽃 피고 지는 순간성에 대한 시인의 갈망과 조바심과 쓰라림으로 이해된다. 꽃에 대한 기쁨보다 꽃의 사라짐에 대한 아프고 힘든 적적함이 지배적이기 때문이다. 이 대목에서 원고의 분량도 늘일 겸 한 마디 떠들고 가자. 지금 이 글은 김진숙의 시집 발문을 작성하고 있으며, 특히 시 속에 표출되고 있는 꽃에 대해 쓰고 있다. 꽃의 순간성에 대해 쓰고 있는 것이다. 곁다리로 떠들고 싶은 말은 시라는 게 굳이 해석되어야 하는가 라는 의문이다. 아니다가 발문자의 즉답이다. 해석은 어차피 해석자의 것일 수밖에 없다. 그것이 잘못된 것은 아니지만 시는 해석 이전에 위치한다는 점을 강조하고 싶다. 학문적으로는 분석과 해석이라는 작업이 필요할지 모르겠지만 일반 독서의 범주 속에서는 헛다리가 되기 일쑤다. 즉 모든 시는 이미 모든 걸 직접 말하고 있을 뿐이다. 시의 배후에 시인이 있다는 말이 아니다. 그러니 시를 젖혀두고 시를 대변할 필요는 없는 일이다. 상징이나 메타포를 찾아내고 풀어서 설명하는 일은 비평적 자위가

된다. 시가 에둘러 말한다고 하는 오랜 습성은 날마다 재고되어야 한다. 이렇게 떠드는 것은 김진숙이 꽃에 대한 관심 뒤편에 무엇이 있다고 말하려는 게 아니라 꽃을 기다리는 심사와 꽃이 져버린 흔적을 바라보는 심사의 보편성만 취하자는 뜻이다. 그 이면에 대한 과도한 해석질은 해석자의 생각으로 환원되기 때문이다. 그럼에도 우리는 왜 해석을 멈추지 못하는가. 프랑스 철학자의 말을 갖다대자면 그것은 기표의 연쇄가 된다. 쉽게는 독자의 피드백에 대한 신경증이다.

다시 본론으로 이어진다. 이 시집에는 꽃들을 제재로 한 시가 많다. 꽃은 봄에 피는 게 당연하거니와 더불어 시인은 계절적으로 봄에 많이 기울어져 있다. 봄에 관한 시가 많다는 뜻이다. 긴 겨울이라 쓰고 짧은 봄이라 쓴다. 그만큼 봄은 왔는가 싶으면 사라져버리는 순간성의 극치다. 그래서인가 나는 김진숙의 시를 봄적인 시, 봄 같은 시, 봄이고 싶은 시라고 명명하고 싶다. 봄은 언제나 겨울을 전제하는 계절이다. 겨울은 견디는 시간이고 봄은 맞이하는 시간이다. 봄맞이라는 어휘는 대표적인 클리셰다.

몸살기가 봄기운처럼 퍼지는 오후 네 시
이비인후과엔 기다리는 사람 많아
내일 아침 오라는데
밤 견뎌낼 자신 없어 약국 가니

이층 외과에서 처방전 받아오란다

급한대로 처방전 들고 내려가니

약이 무려 아홉 알

놀라는 내게 독한 약은 없다는 약사의 말

봄나물 대신 한 움큼 독하지 않은 약 삼키고

쏟아지는 잠 속에서 뒤척이며

밤새도록 피워낸 열꽃   -「봄맞이」 전문

  제목이 '봄맞이' 다. 시가 특별히 잘 나서 타이핑한 것은
아니다. 그런데 이 시는 앞부분에서 인용한 몇 편의 시가 가
진 시적인 정보를 모두 포괄한다. 시인에게 몸살기는 봄기운
이고 봄기운은 몸살기로 온다. 그리고 시인은 봄을 앓는다.
벚꽃이나 목련이 아니라 '열꽃' 을 몸으로 피워낸다. 온몸으
로 피워내는 한 송이 신열의 꽃이 바로 열꽃이다. 봄맞이의
의식인 셈이다. 순간적으로 피었다 져버리는 꽃에 대한 시
인의 탐닉과 경사는 '가만히 귀 기울이면/ 나도 그렇게 환해
지고 싶은 욕망/ 꽃잎 활짝 열리는 순간이 와요' (「자꾸 봄밤
은」)를 통해 명징한 자기에 도달한다. 시인이 기다려온 것은
다름아닌 '환해지고 싶은 욕망' 이다. 시 속의 표현대로 '욕
망' 이다. 욕망할 때 자아는 확인된다. 시인에게 적용되는 욕
망은 세속적인 어떤 대상이 아니라 꽃처럼 순간적으로 개화
하는 자신의 정황이다. 누구에게나 그러하듯이 또는 김진숙
시인에게만 유독 그러하듯이.

말하자면, 김진숙에게 시는 개화를 향한 기다림이자 미열이다. 그가 '시 쓰고 싶' 은 것은 시가 아니라 시를 방편 삼아 삶의 어떤 정점과 직면하고 싶다는 갈망이다. 그래서 시인에게 시는 쓰여진 한 편의 시가 아니라 지금 쓰고 있는 현재진행을 위해 존재한다. 그 순간이 다른 무엇과 대체되지 않는다는 것을 그는 잘 알고 있다. 시라는 성채 속으로 홀로 진입하는 은밀한 쾌감이 없다면 시는 쓰여지지 않을 것이다. 잘 쓴 시들은 널려 있다. 가치 있지만 아무도 읽지 않는 책을 농담조로 고전이라 부르기도 한다. 그런 이름값에 기댄다면 오늘날 시집류는 출판되어 서점 진열대에 깔리자마다 즉각적으로 고전의 반열에 오른다. 아무도 읽지 않지만(저자는 제외) 열심히 출판되는 열정은 삐딱하게 보자면 그것은 시와의 싸움은 아닐 것이다. 시보다 우선적으로 말해져야 하는 것은 자기 몸속으로 파고들고자 하는 '쓰기' 의 욕망이다. 존재론적 근질거림을 어떻게 참을 것인가. 독자의 변심과 상관없는 자리에서 시인은 늘 새로 태어난다. 쓰는 존재로서 김진숙 그리고 더 많은 김진숙은 이 언저리에 서 있는 것은 아닐까?

　이 시집으로는 조금 색다르게 시에 대한 시가 몇 편 있는데 그 중 한 편을 맛보기로 소개한다. 제목은 「이런 행복」이다. 전문을 타이핑한다.

처음 시 만났을 때

착상 되면 열 달 후에 낳는 아기마냥

시가 태어나는 줄 알았어요

화려한 형용사들로 범벅 된 문장이

조미료 조금 들어간 음식처럼

맛있고 멋있는 시인 줄 알았어요

추상적으로 관념적인 문장이

근사한 시인 줄 알았어요

극적인 것이

진짜 시인 줄 알았어요

뭘 몰라 행복했지요

할말이 많은 시다. 시에 대한 역설이 흥미롭다. 가령, '화려한 형용사들로 범벅 된 문장', '추상적이고 관념적인 문장', '극적인 것'이 멋있고, 근사하고 진짜 시인 줄 알았다는 토로는 앞의 고백들을 뒤집는 역설을 포함한다. 그 말을 하고 싶었던 것이다. 다시한번 재미있다고 생각한 것은 이 시가 던져놓은 역설이 역설적으로 한국시에서 진화하면서 다른 표정으로 번식하고 있다는 점이다. 즉, 여전히 근거없이 어렵고 난삽한 시들이 시단의 전면을 뒤덮고 있음이다. **諸行無常**! 시에 대한 어떤 정의도 사실은 시를 관통하지 못한다. 이도 맞고 저도 맞다. 이도 맞고 저도 맞다면 무엇이 맞은가요? 그 질문도 맞다. 「이런 행복」에 기대어 말하자면 시는 안다고 아는 게 아니고, 모른다고 모르는 장르가 아니다. 시에 대한 숱한 이론 즉 시인들의 시론이야말로 시인의 감옥이다. 이 시에서는 '뭘 몰라 행복' 했다는 문장만 취해야 한다. 아는만큼 보인다는 말은 알고자 하는 욕망이 싱싱할 때까지다. 이것이 시의 핵심인지도 모른다. (여기까지 작성하고 쉰다. 자발적 인터미션. 창밖으로 지나가는 봄바람에 늦게 핀 벚꽃이 뿔뿔이 흩어진다. 봄인데 봄이 가는군. 목이 마르다. 커피를 마셔야겠군. 커피는 없군. 생활은 이렇게 각운이 딱딱 맞는다.)

이 글은 지금까지 김진숙 시의 일상적 순간성에 대해 말해왔다. 그것은 주로 봄과 꽃으로 체현되는 순간적 꽃핌과 관련된 것이다. 시인이 순간을 대하는 태도에는 미열과 신열 그리고 기원을 알 수 없는 조바심도 함께한다. 이를 시인의 언어로 돌려놓자면 '한 생애가 끝날 때까지 해결되지 않는 미제(未濟)'(「내 친구가 있는 곳」)가 된다. 미제(未濟), 미해결, 미완, 미수(未遂)는 모든 삶에 끼어드는 어쩔 수 없음이다. 가슴쓰림이다. 누구에게나 있는 이 한 장면은 쓰여지지 않은 시다. 그러기에 시인은 자기 앞에 놓인 '미제'의 상황을 나름으로 제독(制毒)하는 시적 해법을 제시한다.

즐거운 시절아
오해하지 말자
우린 서로 모르는 사람들
낯설고 어색해도 무심한 척
취하고 싶은 밤
비 냄새 피차 초면인 듯
슬그머니 방안으로 스며든 순간
더할 수 없이 애잔해졌던
초가을 빗소리   -「초가을 빗소리」부분

'무심한 척' 독을 미리 제거하고 있다. 이것이 우리가 겪어내는 일상에 대한 일상적 처방전이 아닐까. 우리 앞에 매일 똑같이(사실 똑같지는 않지만 똑같다고 인식해야 안심한다) 되풀이되는 일상은 해석의 저편에 있다. 일상은 낯설고 어색하지만 한편으로 낯익고 익숙하다. 너무나 익숙해서 무심한 척 해야 생활의 리듬이 맞아가기에 일상은 눈앞에 있으면서도 아득한 초월이다. 시집에 실린 어떤 시들은 매우 시적이지만 어떤 시들은 자기 문법을 넘어섬으로써 뜻밖의 지점에 도달하기도 한다. 예컨대, 「생은 솔직하다」와 같은 시

가 던져놓는 솔직성의 직선적 메시지.

택시 타고 보니 백미러에 기사님 연세가 보였다.
모택동 모자에 돋보기 속 눈자위는 푹 꺼지고
운전대 꽉 잡은 손에서 재빨리 읽은 수전증은
족히 팔순은 넘긴 모습이다
거기다 보청기까지
기사님 마음이야 지천명이겠지만
목적지를 말하는 순간
백이십 킬로미터로 질주하는 속도감에 아찔
이미 녹슨 감각으로 오는 운전 실력에 어질
본능적으로 잡은 손잡이에 힘이 잔뜩
식은땀이 줄줄
나도 모르게 중얼거렸다
젠장!
살아있다는 것을 절절히 통감했다 (고딕은 필자)

시 읽는 맛이 온다. 이 시는 필자가 마음대로 고딕 처리
한 부분과 아닌 부분으로 나뉘어진다. 설명 자체가 군더더
기다. 그냥 한 편의 개그풍경처럼 다가온다. 앞부분은 연세
가 많은 택시 기사에 대한 묘사이고 고딕 부분은 '살아있다
는 것을 절절히 통감' 하는 부분이다. 살아있음이 이렇게 구
체적일 수 있을까. 개그풍경이라 쓰고 시를 한참 들여다봤

다. 저 택시 운전사는 여러모로 상징적이어서 과잉해석을 가할 수도 있다. 시의 핵심은 달리는 택시의 위험 속에서 드디어 살아있음을 실감하는 순간이다. 다르게 보자면 무사무사한 일상이 깨어지고 돌발적 국면과 맞닥뜨리는 비유로도 서늘하다. 정신이 번쩍 든다.

　이제 두 편의 시를 인용하는 것으로 시집의 중심에 닿고 싶다.「막차」부터 소개한다.

　저녁 여섯 시
　영월에서 원주 가는 버스에 오르니
　승객이 무려 여섯 명이다
　연당에서 한 명
　쌍용에서 세 명 내리고도
　두 명이나 남았다
　차창 밖 어둠이 번지는데
　차 안에 내가 깜깜해진
　그날의 막차는 지나간 한시절처럼
　다시 오지 않는 것

　가끔
　막차를 놓치고 싶다

지금도 막차는 있다. 첫차가 있기 때문에 막차가 있는 법이다. 그렇다는 뜻일 뿐이지만 막차는 그 이상의 의미로 다가온다. 첫차의 첫과 막차의 막은 의미론적 대구를 이루지만 막차에는 여러 가닥의 애잔함이 묻어 있다. 영월, 연당, 쌍용과 같은 한적한 지명과 '무려' 여섯 명이나 타고 있는 그나마도 두 명의 승객이 남는 버스는 막차에 걸맞는 스산함을 던져놓는다. 스산함을 접으며 마지막 두 행은 뜬금없이 '가끔/ 막차를 놓치고 싶다' 는 호기어린 선언으로 결구한다. 막차의 깜깜함 속을 그리워하는 정서는 무엇일까. 루카치는 길이 끝나는 곳에서 비로소 길이 시작된다고 했던가. 김진숙은 막차를 놓친 그 달콤한 혼란과 마주하고 싶었던 것이다. '통화권 이탈 지역' (「벗어나다」)에서 비로소 안심하면서 자기와 대면하고 싶었던 것이다. 막차에 오른다는 것은 일상적 프레임 안으로 편입된다는 뜻이다. 정규노선이 주는 안심과 무사와 평안이 보장되는 곳을 버리고 비일상적, 비제도적인 시공을 선택하고 싶은 것이다. 그러나, 절박하지 않고 느긋하고 먼 목소리로. 막차를 놓치는 행복은 관념적 초월일 뿐이지만 모든 인간을 들쑤시는 욕망이기도 하다. 막차를 놓치면 해방이 기다린다. 누구의 아내도 엄마도 자식도 아닌 내가 되는 것이다. 그렇게 되고 싶은 것이다. 신은 모든 것을 알지만 자신이 존재하지 않는다는 사실만은 모르듯이 나라는 존재 역시 뜬소문일 뿐이다. 그러므로 막차를 놓치지 말아야 한다는 관습적 집념은 놓치고 싶다는 소망에 대칭적으

로 존재하는 갈망이다. 시인 김진숙의 화살표가 지시하는 지
점이 여기라고 생각한다. 그것은 현실이 아니기에 관념이
고 관념이기에 언제나 일정한 홀망스러움을 상연한다. 시인
이 바라고 도달하고 싶은 유토피아는 막차를 놓치는 장소일
것. 유토피아는 그래서 어디에도 없는 땅이라는 뜻을 가지고
있음을 우리는 잘 알고 있다.

선인장 가시는 본래 이파리
사막에서 살아남기 위해 가시가 되었다
살기 위해 그렇게 자기를 바꾸기도 한다

삼십 이년 함께 한 아내와 듣고 싶다는
남자 신청곡은 슈베르트 세레나데 D.957, No4
듣다가 뜬금없이 온 생각은
낙조처럼 마지막이 밝고 아름다웠으면

이제 보이지 않는 것은 생각하지 않는다
나를 믿지 못해 자주 무너지고
일어서기를 반복하는데
새삼스럽게 바꿔볼까 하는
이 순간 나의 거처는 심야
내가 나인 이유를 마음에 묻으며
듣고 싶은 내 신청곡은

라흐마니노프 보칼리제 Op.34 No14
첼로 연주   -「심야에 듣는 라디오」전문

　이제 발문의 끄트머리에 왔다. 「심야에 듣는 라디오」전
문을 인용하면서 어쩌면 이것이 김진숙 시인의 속생각이 아
닐까 추리한다. 누구는 살기 위해 시를 쓰고 누구는 살기 위
해 시를 읽는다. 김진숙은 속화된 일상을 견디기 위해 이파
리를 가시로 진화시키는 선인장을 참고하기도 한다. 이파리
를 가시로 바꾸거나 가시를 이파리로 바꿔치기 하는 것이 삶
의 역정이 아닐까? 일상과 제도와 규칙과 도덕률은 숨막히
게 하는 무엇이다. 막차를 놓치면서 헤맬 수 있는 모종의 달
콤함은 눈앞에서 이루어지는 꿈이 아니다. 시인은 이루어질
수 없는 사랑을 닮은 소망을 시행 안에서 처리하면서 해소한
다. 해소? 그건 발문이 확언할 수 있는 단어가 아니다. 그러
나 그냥 둔다. 어떤 신념과 좌절은 문장 안에서 스스로 해결
되기도 하기 때문이다.

　인용한 시 「심야에 듣는 라디오」는 막차를 놓치고 싶은
시인의 소망과 그것의 이루어지지 못함을 나름으로 해소하
는 자가 처방이 전시된다. 일종의 화해의식이자 느긋한 종
교적 평정심도 느껴진다. 일상의 스냅들이 정지화면으로 바
뀌는 순간이다. '이 순간 나의 거처는 심야'라는 대목은 시
집에 잠복된 갈망이 몸 전체로 가라앉았음을 의미한다. 한

낮의 소란스러움이 제거되고 정지화면 같은 심야에 시인은 라디오를 듣는다. 음악을 통해 음악 속에 자기를 섞는 심야는 시인의 거처가 된다. '보여지는 게 전부일 수 없다'(「김유정 생가에서」)는 생각과 어떤 심야는 시인의 시적 궤적 속에서 완전 동의어로 섞인다. 본래 하나였다는 듯이 자연스럽게 그리고 아주 시적인 포즈로. 김진숙만이 '나의 거처는 심야'라고 담담하게 말할 수 있는지도 모르겠다. 발문 필자도 글을 마치면서 뭔가를 귀에 좀 집어넣어야겠다. 트럼펫은 누구, 베이스는 누구, 드럼은 누구. 너무 아름답고 너무 덧없는 음악 속에서 나도 모르게 길을 놓아버려야겠다. 길을 잃고 나면 이렇게 한심한 발문도 싸그리 무효가 되겠지. 그런 막막함, 그런 외로움, 그런 희열이!

우리는 간절히 기다리는 무엇이 있다

2018년 5월 10일 초판 1쇄 인쇄
2018년 5월 20일 초판 1쇄 발행

———

지은이   김진숙
디자인   더블유코퍼레이션, 나니
인 쇄   더블유코퍼레이션
펴낸곳   오비올프레스

ISBN 979-11-959218-8-1

———

출판등록   2016년 9월 29일 제 419-2016-000023호
주소   강원도 원주시 무실새골길 52
전자우편   oballpress@gmail.com

이 도서의 국립중앙도서관 출판예정도서목록(CIP)은 서지정보유통지원시스템 홈페이지(http://seoji.nl.go.kr)와
국가자료공동목록시스템(http://www.nl.go.kr/kolisnet)에서 이용하실 수 있습니다. (CIP제어번호 : CIP2018013833)